ਫਿਲਿੱਪ ਵਿੰਟਰਬਰਗ   ਨਾਦਜਾ ਵਿਦ

ਕੀ ਮੈਂ ਨਿੱਕੀ ਹਾਂ?

Am I small?

Text: Philipp Winterberg · Illustrations: Nadja Wichmann · Translation: Philipp Winterberg (English), Universal Translation Studio
Original title: Bin ich klein? · Fonts: Patua One/Arial Unicode · Production: CreateSpace, North Charleston, SC 29406, USA · Printed in
Germany by Amazon Distribution GmbH, Leipzig · Publisher: Philipp Winterberg, Münster · Infos: www.philipp-winterberg.com

ਇਹ ਟਾਮਿਆ ਹੈ.

This is Tamia.

ਆਹੋ!
ਬਿਲਕੁਲ ਸਹੀ!
Right!
Exactly!

ਟਾਮੀਆ ਅਜੇ ਬਹੁਤ ਨਿੱਕੀ ਹੈ.

Tamia is still very small.

ਮੈਂ?
ਨਿੱਕੀ?

**Me?
Small?**

ਕੀ ਮੈਂ ਨਿੱਕੀ ਹਾਂ?
Am I small?

ਨਿੱਕੀ? ਤੁਸੀਂ? ਤੁਸੀਂ ਤਾਂ ਨਿੱਕੀ ਵਲੋਂ ਵੀ ਨਿੱਕੀ ਹੋ!
ਤੁਸੀਂ ਨਿੱਕੀ- ਬੰਨੀ ਹੋ!

**Small? You? You are smaller than
small! You are teeny-weeny!**

ਨਿੱਕੀ- ਬੰਨੀ? ਤੁਸੀਂ?
ਤੁਸੀਂ ਛੁਟਕੀ ਹੋ!
Teeny-weeny? You?
You are mini!

ਮੈਂ ਨਿੱਕੀ- ਬੰਨੀ ਹਾਂ?
Am I teeny-weeny?

ਛੁਟਕੀ? ਤੁਸੀਂ?
ਤੁਸੀਂ ਬਹੁਤ ਛੋਟੀ ਹੋ!
Mini? You? You are tiny!

ਮੈਂ ਛੁਟਕੀ ਹਾਂ?
Am I mini?

ਮੈਂ ਬਹੁਤ ਛੋਟੀ ਹਾਂ?
Am I tiny?

ਛੋਟੀ? ਤੁਸੀਂ? ਤੁਸੀਂ ਸੂਖਮ ਹੋ!

**Tiny? You?
You are microscopic!**

ਮੈਂ ਸੂਖਮ ਹਾਂ?

Am I microscopic?

ਸੂਖਮ? ਤੁਸੀਂ?
ਤੁਸੀਂ ਵੱਡੀ ਹੋ!

Microscopic? You? You are big!

ਮੈਂ ਵੱਡੀ ਹਾਂ?
Am I big?

ਵੱਡੀ? ਤੁਸੀਂ?
ਤੁਸੀਂ ਬਹੁਤ ਵੱਡੀ ਹੋ!

Big? You?
You are large!

ਮੈਂ ਬਹੁਤ ਵੱਡੀ ਹਾਂ?

Am I large?

ਬਹੁਤ ਵੱਡੀ? ਤੁਸੀਂ?
ਤੁਸੀਂ ਵਿਸ਼ਾਲ ਹੋ!

**Large? You?
You are huge!**

ਮੈਂ ਵਿਸ਼ਾਲ ਹਾਂ?
Am I huge?

ਵਿਸ਼ਾਲ? ਤੁਸੀਂ?
ਤੁਸੀਂ ਵਿਰਾਟ ਹੋ!

Huge? You?
You are gigantic!

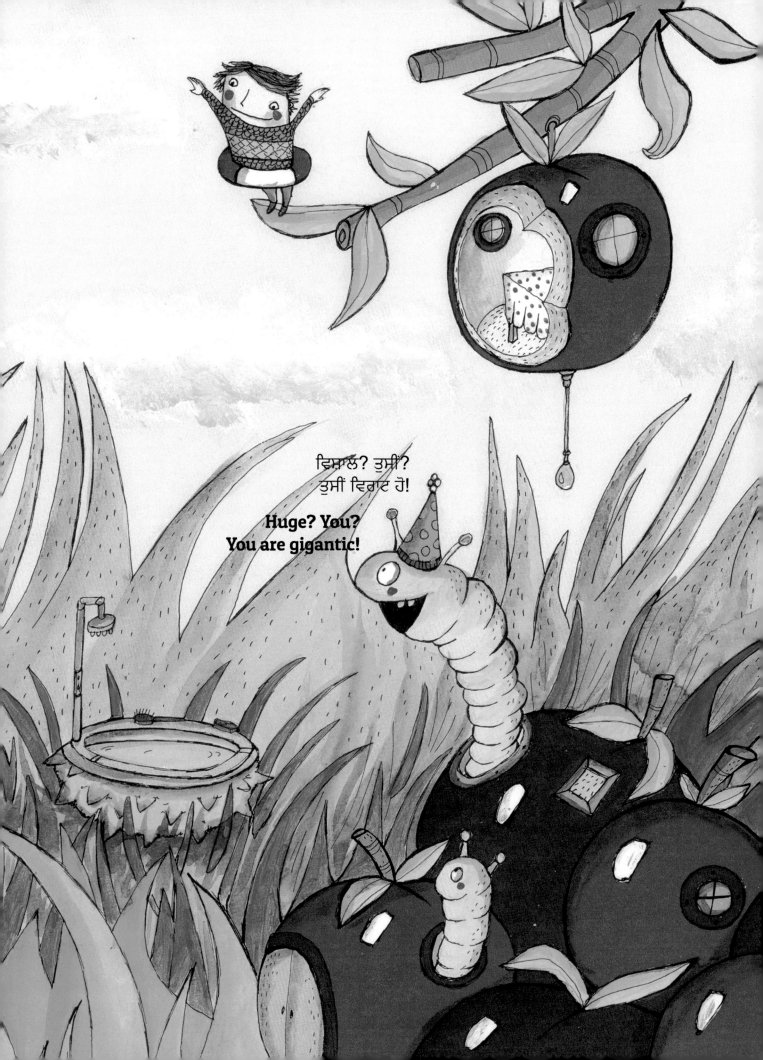

ਇੱਕ ਮਿੰਟ ਉਡੀਕ ਕਰੋ...
ਮੈਨੂੰ ਪਤਾ ਚੱਲ ਗਿਆ!
ਮੈਂ ਸਭ ਕੁੱਝ ਹਾਂ...

**Wait a minute...
I‘ve got it!
I’m everything...**

ਸੂਖਮ!

Microscopic!

ਨਿੱਕੀ- ਬੰਨੀ!

Teeny-weeny!

ਬਹੁਤ ਵੱਡੀ!

Large!

ਵਿਰਾਟ!

Gigantic!

ਵਿਸ਼ਾਲ!

Huge!

... ਅਤੇ ਜੇਕਰ ਮੈਂ ਸਭ ਕੁੱਝ ਹਾਂ, ਮੈਂ: ਇੱਕਦਮ ਠੀਕ ਵੀ ਹਾਂ!

...and if I'm everything, I'm also: just right!

ਆਹੋ!
ਬਿਲਕੁਲ ਸਹੀ!

Right!
Exactly!

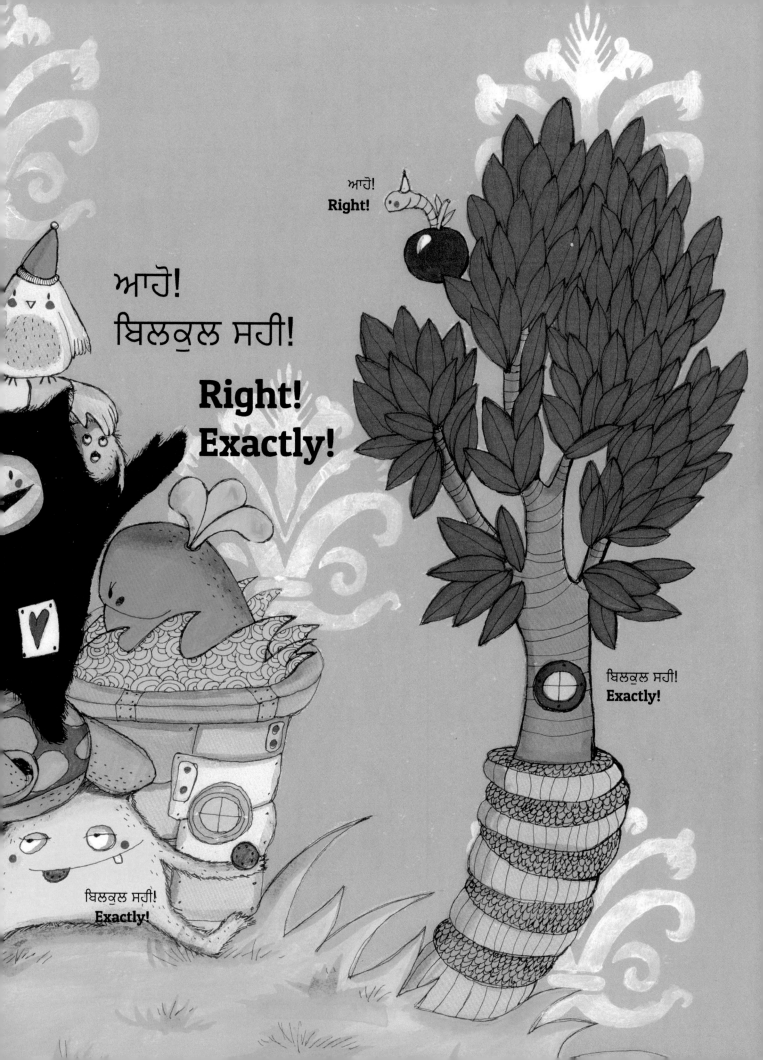

More books by Philipp Winterberg

Egbert turns red

Yellow moments and
a friendly dragon...

Print-it-yourself eBook (PDF) Free!

DOWNLOAD » www.philipp-winterberg.com

In here, out there!

Is Joseph a Noseph or some-
thing else entirely?

INFO» www.philipp-winterberg.com

Fifteen Feet of Time

A short bedtime story
about a little snail...

PDF eBook Free!

DOWNLOAD » www.philipp-winterberg.com

Made in the USA
San Bernardino, CA
06 March 2017